KB062080

너에게, 첫

시작시인선 0450 너에게, 첫

1판 1쇄 펴낸날 2022년 11월 15일
지은이 송남순
펴낸이 이재무
기획위원 김춘식, 유성호, 이형권, 임지연, 홍용희
책임편집 박찬세
편집디자인 민성돈
펴낸곳 (주)천년의시작
등록번호 제301-2012-033호
등록일자 2006년 1월 10일
주소 (03132) 서울시 종로구 삼일대로32길 36 운현신화타워 502호
전화 02-723-8668
팩스 02-723-8630
블로그 blog.naver.com/poemsijak
이메일 poemsijak@hanmail.net

ISBN 978-89-6021-678-5 04810
978-89-6021-069-1 04810(세트)

값 10,000원

*이 책은 경기도, 경기문화재단의 후원을 받아 발간되었습니다

너에게, 첫

송남순

천년의 시작

시인의 말

혼자의 시간을 견뎌 내고 있다
그 위로 햇살이 비친다
바람을 지나는 동안 숨을 쉰다
내가 걷고 있는 동안
돌, 나무, 구름, 새가 지나갔다
이 세계의 어둠의 눈빛이
다정하게 그리울 때가 있다

2022년 12월
송남순

차 례

제2부

제3부

제4부

해 설

제1부

조합원

신성리 마을 사람들은 굽은 손가락을 하나씩 달고 산다
호미로 산비탈 밭을 일구며 감나무를 심었다
어둠이 내린 벽은 고요했으나 통증은 소리로 움직였다

새 울음은 아침의 신호가 된다

그늘진 주름 위로 감꽃은 피고 지고
내리지 않은 빗물은 무릎 안으로 모여들었다

갚지 못한 대출이자로 근심은 근심을 낳아 모래알처럼 부풀어 오른다

감나무는 가지치기가 한창이다 출하 못 한 곶감은 창고에 벽돌처럼 쌓여 갔다
마을 담벼락 아이 울음소리는 끊기고 사람들의 발자국도 지워지고 있는 중이다
한숨은 꽃대 위로 올라와 사람들의 얼굴과 마주한다

남아 있는 건 딱딱한 속울음뿐이다

꿀벌마을*

불꽃이 피어나는 과천 경마장을 지나면
하얀 벌집처럼 생긴 마을이 있다

슬레이트 지붕 위에서 시작된 비닐은
경마장을 뒤흔드는 말발굽에 떠밀려 이곳
꿀벌마을까지 도착했다
놀이터가 없는 아이들은 매일 나비 그림자만 쫓고

흰머리로도 끊을 수 없는 불법의 순환
한숨은 안개가 되어
비닐하우스 천장에 물방울로 맺힌다

중학교에 다니는 아들까지 온 가족이 모이면
비닐하우스 작은 전등 아래 숟가락 부딪히는 소리만
울린다

떠날 수 있을까

전등이 날개 타는 소리처럼 지지직, 깜박인다.

* 꿀벌 마을: 과천시 과천동 7통.

다시, 봄

한 움큼 베어 문 풋사과의 시린 맛이 가시기 전
딱따구리는 속으로 속으로만 부풀어 오른 단단한 껍질의 기억을
연신 부리로 쪼아 댔다

봄꽃이 되어 돌아온 여린 몸속에는
또 하나의 심장이 움트고

바람이 입술을 불어 넣듯 돋아난 새싹의 두 잎
봄볕 아래서 허공을 만지고 있다

지금 당신과 나의 거리

겨울의 끝자락에서 가장 뜨거운 기침이 터져 나온다
우리는 한 뼘 마스크 안에서
한 뼘보다 넓은 표정으로 거리를 두리번거린다
입을 가리고 새로운 호흡법을 익힌다
입술이 사라진 자리에서
더운 숨은 갈 곳을 잃고
나는 매일 당신의 안부가 궁금한 사람
당신의 안부를 묻는 가장 먼 이웃이 된다
한 손을 뻗어 당신에게 소식을 전할 때
푸른빛이 감도는
작은 화면은 우리 앞에 놓인 유일한 창이 된다
말들이 빗방울처럼 또렷한 무늬를 그리고
당신과 나의 거리는
매일 닦아 내는 물의 양
한 조각 휴지를 흠뻑 적시는 물기가 마음이라면
우리의 마음은 쉽게 휴지통으로 버릴 수 없는 온기
맑은 날이 올 것이다
우산처럼 둥근 간격을 언젠가 고이 접어 둘 날이
봄이 오고 가로수가 울창한 그늘을 심는다
우리는 서로를 향해 무한한 가지를 뻗는

가로수의 간격으로

푸른 포옹으로 어느 때보다 가까워진다

애기똥풀

솜털 하나가 좁은 길을 걸어가고 있다
이슬은 풀잎에 내려 빛의 속도로 몸을 감추고
낯익은 신발 하나 동그랗게 눈을 뜨고
밤을 새워 서성이며 풀잎에 손을 얹는다
꽃잎은 몸 안에 있는 향기를 떨어뜨린다

그 위로 초록 물감을 든 계절이 걸어가고 있다
붓을 꺼내 길 위에 뚝뚝,
물감을 뿌리며 부드럽게 걷고 있다

달그락, 심장 뛰는 소리가 들린다

내가 누워 있는 힘으로
애기똥풀이 곧게 허리를 세우고 있다
세상에 있는 향기는 모두 여기서부터 출발인가 보다
내 마음을 물들이더니, 길을 물들이고
풀잎은 길에서 사라졌다가, 나타나길 반복했다

노란 물길 따라
뿌리 끝으로 강아지가 걸어가고

그 옆 늙은 여자가 걸어가고

이정표 없는 계절을 걸어가고 있다

마음이 쉬어 가는 곳

복사꽃 피는 동산리 종일 뛰어노는 놀이터가 있다

바람 소리에 눈뜬 아욱씨 한 무더기 땅을 뚫고 나오면 식탁은 맛있게 움직인다
지난봄 심어 둔 딸기 모종은 속사정 있는지 미동 없이 그 자리에 앉아만 있다
하얀 사과꽃 향기가 밭의 경계를 만드는 동안, 금잔화의 노란빛은 저녁의 문을 연다

이 밭에서는 고요를 물어 온 새가 식물을 키운다

무릎까지 내린 서리로 고독이 눈을 들면 고양이는 빛을 끌고 나를 찾는다
바닥을 떠다니는 외로움은 없다

새벽마다 신선초는 눈을 씻고, 선명한 보라색 도라지 쌉쌀한 기운을 밭 한가운데 토해 낸다 흙을 밟고 서성이면 등 뒤로 아침도 따라온다

비가 내린다

비가 내린다

지붕을 지나 나무줄기로 꽃잎을 적시고 내 머리 위로 흘러내린다

이곳에선 자전거, 사람들, 버스도

숨을 쉰다

고모

두 눈을 감아도 보이는 것이 있습니다

부드러운 말은 식탁이 되고 찬이 됩니다 밥은 먹었니, 무엇하고 먹었어,
안부는 위로가 되고 꽃으로 남습니다
뜨거운 밥 냄새 마주 앉은 얼굴이 참 가깝습니다

서로 마주 보고 있어도 주름은 세어 본 적 없습니다
봄비 내리고 난 후 흰 꽃잎 내려앉은 머리카락으로 자주 눈이 갑니다

하지 감자 먹던 날 감자 분이 아니어도 얼굴엔 웃음꽃이 피고
나란히 벗어 놓은 신발로 밤의 고독한 울음 속 독거의 빛을
걷어 낼 수도 있겠구나 생각듭니다

흙손에 냉이 한 줌 쥐어 주며 세상 냄새 좀 맡아 봐, 썩은 냄새만 있는 것은 아니여
냉이꽃 같은 말을 던져 준 날은 거리에 사람들 그림자도
가벼웠습니다

>

비가 내립니다

새는 계절의 골목으로 날아들고 사라지고 귀에 들어온 말은 심장에서 살아납니다

봄의 일기

꽃나무 가지의 곁눈을 보며 마음도 따라 부풀어 올랐지
카페에 앉아 목련꽃차를 마시며 나를 봄에 맞게 단련하는 중이야
춘곤증이 한꺼번에 몰려오면 텃밭에 나가 졸음처럼 씨앗을 풀고,
마냥 구름을 쫓아갔지 비를 만나 어깨가 젖었어
젖으면 좀 어때 목련은 뿌리에서부터 젖고 있었는데

바나나잎이 빛을 한 몸으로 받고 있을 때
화분 갈이를 서둘러야겠어 봄은 순식간에 게으름뱅이가 될 수 있으니까
지금 물이 필요한 것들은 죄다 입을 벌리고 있어 꽃잎은 입을 열고,
칼날 같던 마음 햇빛에 걸어 녹이고 있지

지금도 잠자는 너, 계절의 근심 끌어와 이불처럼 덮고 있지 오래도록
그늘로 남아 있던 어둠, 청명의 숨소리 들으며,
저 여린 것들, 막 꽃을 피워 내고 있어 쉬, 움직임 보이니, 풍도에서 시작된 바람,

노루귀, 복수초, 단단한 땅을 뚫고, 눈망울 비비며

얼어붙은 사람들의 심장으로 솟구치는 것을

가방

아무것도 없습니다
축축한 기억, 어두운 그림자가 자리하던 그 안에는

아파트에서의 웃음소리
공장의 굴뚝으로 뻗어 나가는 수증기
빨간 자동차의 휴일
텃밭의 나비

모든 것이 이미 없었던 것처럼 자취를 감추었습니다

지금은 내 낡은 손가방 이야기입니다

희망을 주먹처럼 쥐고 살았습니다 손바닥을 펼치면 그 안에서 꿈틀대던
날갯짓이 자유로이 날아갈 것 같았습니다
눈앞에 보이는 것이 눈물로 변하는 것은 구름의 이동 속도와 같았지요
남편의 공장에서 더는 기계 소리 들리지 않았습니다
희망도 톱니 속으로 미끄러져 갔습니다

>

틈마다 빛 대신 빗물이 고였습니다

휴일을 모르고 달리던 빨간 자동차 위에 먼지가 쌓여 갈 때
배고픈 아이들은 질문을 삼키며 있었습니다

비가 내렸습니다
몸 안에서 밖으로, 그칠 줄 몰랐습니다

가방 문을 열면 어둠 속에서 선명하게 보입니다
기계 소리 들리고, 남편의 자동차 불빛 여전히 밝게 빛나던 한때,

약속은 약속으로 기울고 웃음은 웃음으로 남았습니다

빈 껍질 모여 소리 납니다
나는 항상 그것을 지니고 다닙니다
내 낡은 손가방 이야기입니다

유경이

낯선 도시에서 나를 무조건 용서하던 이름이 있습니다

찬바람 부는 골목 긴 두려움이 내 눈을 멀게 한 날
겨울은 온몸으로 나를 끌어안고 놓아주지 않았습니다
계절 끝으로 혼자 걸어도 발등 위에 유경은 있었습니다
그 이름으로 먹고 마시며 살았습니다

유경은 내 호흡처럼 느껴지는 안부가 되었습니다

지금은 이곳 아닌 저곳으로 먼저 가 오래된 흔적이 나를 잠들게 합니다
멀어진 길이를 따지자면 우주에서는 한 점 먼지에 불과하겠지만
슬픔을 견디며 그림자로 살겠지요

비가 내린 수요일 오후
약속 없이도 우리는 만났습니다
목을 따뜻하게 해야 한다는 유경은
갈비탕을 주문했고,
나는 부른 배를 감추고 머리를 숙여 가며 갈비탕

한 그릇을 다 먹었습니다

매화꽃 가지 부여잡고 남편 욕하던 유경은
이제는 느껴지지 않습니다

웃음은 부드럽게 밀려가는데 흔적은 이제 네 것이 아니어서 우리는
이별 같습니다
봄이 봄이라고 말할 때 우리는 나뭇잎에 스며든 빛이
모두 우리가 될 수 있다고 생각했습니다.
그렇게 계절을 걸어 나오는 동안 유경이라는 이름은 내 등을 지나갔습니다

오늘은 나 혼자 봄볕에 눈물을 말리고
주소 없는 곳에서 살아갈 그 이름 생각합니다

붉은 꽃

햇빛이 골목에 무늬를 만들던 오후

문밖으로 밀려난
맨발의 아이가 울고 있다
세상 울음을
그 작은 어깨로 다 받아 내고
몸의 이곳저곳 꽃 자국 피었다

골목을 지나온 겨울바람
사람들의 발자국을 지우고 있다
닫힌 문이 열린 것은 몇 시간이
지난 후였다
아이의 엄마로 보이는
젊은 여자의 구두 소리가 골목을 지난 후

아이의 눈물은
마주 앉았을 식탁 위에
그리고 끼니마다 뜯긴 과자 봉지에 배어 있다

한때는 김이 났을 따뜻한 밥알에서

푸른곰팡이 피어나고

반쯤 부러진 흰 카네이션
중심을 잃은 지 오래

또 며칠은 아이 주변으로
외로움과
두려움
허기진 꿈
죽음이
모여들 것이다

유죄

저녁 별이 뜨기 전의 일이다 손에 라이터와 종이 뭉치를 든 남자가
불씨처럼 일어섰다 바람마저 숨죽인 숲에서 남자는 걸어 나왔다
나뭇잎이, 동물들의 눈빛이, 강의 표면이 불길로 일렁였다
사람들의 날카로운 비명 소리, 마을을 태우며 빠르게 번졌다
바람이 밀어 넣은 어린 새 불 속으로 뛰어든다
구름의 이동이 느렸다 그 남자 삼십 년 불신의 미움이 불기둥을 이루고
불 산이 되었다 검은 연기로 밤은 낮처럼 머리를 풀어헤치고 붉게 타올랐다

타들어 간다

긴 머리 풀고 검은 귀신들이 춤을 춘다 끝날 듯 끝나지 않는 춤,
끝내 한바탕 비는 내리지 않았다 마음이 타들어 간다
낮에도 빨갛게 밤에도 빨갛게 널을 뛴다
저, 검은 연기 속으로 맹렬히 다가오는 금강송 한 그루

>

불새처럼,

타들어 갔다

나를 부르는 소리

암실에서 기억이 현상되고 있는 동안
영화의 한 장면 오래도록 기억에 남습니다

아이가 혼자 울고 있습니다

어두운 빈방을 건너
사람들은 모여 있고
모인 사람들 틈으로 벽이 자랐습니다

당신의 몸속에서 나는
숨을 쉬고 있던 것이 전부였습니다
당신과 연결된 줄은
눈이 되고, 귀가 되고
차가운 심장이 되었습니다
당신이 나간 문틈으로
나의 비밀은 자랐고
내내 혼자 울었습니다
삼십 년
당신의 그림자를 찾는 동안
계절은 건너고 아이는 자랐습니다

>

어느 날, 천 개의 계단을 올라
바람 숲을 지나
먼 길 걸어온 나를 당신은 불렀습니다

내가 나인지 모르면서
열 손가락만 닮은 당신은
눈도, 귀도 열리지 않은 채
새처럼 가벼운 몸으로
계절이 건너는 길목

목련처럼 하얗게

정오

호박 넝쿨 사이로
여린 햇살 느지막이 기지개 켜고

정오의 투명한 숨을 내뱉는다

잎처럼 세상 밖으로 몸을 밀어내던 시절이
내게도 있었다

호박전 좋아하던 삼촌,
꽃이 피면 놀러 가자 말하고
하얀 목련이 되어 땅에 묻혔다

넝쿨은 어디에서 시작되었을까?
어디까지 뻗어 나가는 걸까?

우리는 어느 인연이었기에
저렇게 넝쿨로 다시 만나 핏줄을 맺었을까?

잎사귀 가득 넉넉한 햇빛의 주름을 본다

바람의 정원

건물 사이에 작은 정원이 있다
햇빛 한 뼘 누울 자리에
돋아나는 어린 새싹들이 있다

물 한 방울 주는 사람도 없는 곳에
어디에서 날아왔을까?
봄 한 무더기
하얗게 피어오르는 벽을 건너
구름을 풀어놓고 있다

제2부

여름

골목길을 걸어 나오는데 종이 상자가 떨어져 있다
발로 밀어 보기도 하고
손으로 툭, 건드려 보기도 한다

저 안에 무엇이 들어 있을까?

온 세상의 공허를 모두 담아 놓은 듯
부풀어 있다

장날에 마주한 여자
상자 안에 토마토를 담고 있다
똑같은 크기의 상자마다 울퉁불퉁
토마토가 자리를 잡고 있다

상자 안으로 빛이 고이고
토마토는 더욱 붉어진다
귀퉁이로 붉은빛이 모여들어 조금씩
젖어 간다
공허의 빛깔이 붉다

거꾸로 토마토

그 많은 명명들 중 토마토 기이하지 않습니까
*포모도로*라고 부른다면 더 기이하지 않습니까*

안데스산맥 거친 바닥을 지나 낯선 것들에 대한 두려움은
사람들의 입 속으로 독처럼 퍼졌습니다

그 빨강의 냄새
어떻게 끌어당겼을까요
빨강을 빨강이라고 부를 때
나는 입 안에서 소리 없는 의문이 생겨
가끔은 둥근 거짓말을 합니다
채소인지, 과일인지
아랫입술이 끈적거립니다

세상 끝에 매달린 토마토
세계도 거꾸로 돌고 있습니다만
냄새는 냄새로 남아서
저 혼자 노을 속으로 익어 갑니다

어제부터 내린 비가 멈추자

그 많던 토마토
사람들의 몸속으로 뛰어들었고
이쪽에서, 저쪽으로
축축한 이야기는 계속 흐릅니다

아이가 토마토 글자를 삐뚤삐뚤 써 내려가는 동안
저, 한 줌 빛을 끌고
여름을 지나가는 중입니다

* 포모도로: '황금빛 사과'란 뜻이지만, 이탈리아에서는 처음 생산된 토마토가 노란색이었기 때문에 토마토를 말하는 것이 되었다.

상추의 계절

너는 씨앗으로 내게 왔다
왼손에는 바람 오른손에 빗줄기를 잡고
밭에 뿌리를 내렸다
작은 심장으로

내게 온 그것
앞치마 펄럭이며

저녁 식탁으로 사람들을 모이게 한다
밭 이야기로 우리 이빨이 더욱 진해지고 있어

날지 못하는 새

은수가 닭을 안고 복도를 지나 교실 문으로 들어왔다

작은 가슴뼈를 가진 날지 못하는 새 한 마리
은수의 두 팔 속에서 꾸벅 졸다가 중심을 잃고 푸드덕댄다

"선생님, 선물이에요. 내가 길렀어요."

아이들의 웃음과 울음이 엇갈리는 인파처럼 교실을 횡단한다
닭이 목청을 세우며 책상 사이를 오가는 동안
아이들도 닭이 된다
목청을 꼿꼿이 세우고 의자에서 책상 위로
책상 위에서 창틀로 작은 발을 쉴 새 없이 옮긴다

은수의 마음이 온 교실을 안고 날아오를 듯 힘차다

로프

자주 가던 공원 입구에 못 보던 줄이 있다
봄날의 뱀처럼
짧고 서늘하다

나뭇잎 사이를 옮겨 다니는 거미
거미줄의 문양이 마치 세상을 비추는 거울처럼
얇고 끈질기다

연결되어 있다는 느낌 속에서
당신과 나 사이에도
꼭 이런 줄이 하나 있다고 생각된다

밤을 한 겹씩 덧칠하는 안부들
잘 들어갔니?
나는 이 세계의 모든 귀를 끌어다 당신의 목소리
한 줄을 듣는다

공원의 높고 낮은 언덕을 모두 올라 도착했을 때

그곳에는 물이 흐르고 있었다

깊고 반짝였다
세상을 이어 가며 단지 흐르고 있었다

당신에게 다시 한번 안부를 물었다
그곳에서도 잘 지내고 있냐고

나무는 하늘을 보고 있었다

문

딸이 방문을 열고 나옵니다
적도를 걸어 나온 것처럼 붉은 얼굴입니다
지금 거실은 비가 내리고 있습니다

안개로 가득한 바닥 위로 말들이 주르르
미끄러집니다
햇살은 창밖에만 존재하는 것이어서
우리는 어둠의 입 모양이 됩니다
침묵이 때로는 답이 될 수 있을까요?

미끄러지는 말들 사이로 달팽이 한 마리
느릿느릿 기어가는 듯합니다

비닐 봉투

바람이 없던 날
너는 모르는 이의 손을 빌려 날아왔어
가끔은 빛을 가득 담아 싱싱한 얼굴로
아침을 맞이했지

너의 계절은 어디쯤일까?
나는 막 여름을 지나고 있어

오래전에 떠난 그곳에서
너는 이제 가벼워졌니?

네가 걸어 나온 여름의 입구에
사람들은 기다리고 있어

분명히 있지만
그 어디에도 없는

노래기

지구가 반쯤 흔들린 날
검은 구멍 속에서

노래기가 나타났다

날개도 없이
훈련받는 병사처럼
지구의 끝에서 끝으로
냄새를 싣고 이동 중이다

바람이 멈춘 날
노래기는 몸속 가득히
바람을 만들고 있다

주홍빛이 땅에 머무는 시간

늙은 남자가
길가를 휘청거리며
노래기 허리를 발로 밟는다

>

지구의 저편에서 뚝 하고

소리가 울린다

그 여름의 기억

매미는 목 놓아 서럽게 울었다
차갑고 무섭게 내리던 비
웃음도 얼굴도 빗소리로 지워진다

비가 내린다

방 안의 식탁과 의자가 둥둥
떠다니는 동안
밤하늘의 날카로운 빛이 고양이를 비춘다
빠르게 지나가는 고양이의 아픈 눈에
슬픈 말이 숨어 있다

천둥 번개는 소리치며 가로수를
뿌리째 뽑는다
엉켜 있는 뿌리에 두려움이 엄습한다
나뭇잎들
양식장에 가둬 놓은 물고기처럼
신음 없이 제자리에서 팔딱거린다

비는 벽면의 경계로 흔적을 남긴다

세상에서 가장 슬픈 경계다
아무도 없는 빈방
소리도 움직임도 없이
방은 퉁퉁 불어 있다

레몬

너를 좋아했던 시간이 빛으로 가득하다

낮은 계속 이어질 것이라 했고, 밤은 검은 봉지 속으로 사라져
노란빛은 당분간 계속되었다

우리는 가난을 이어 붙이며 여름을 붙잡았다
틈새로 차오르던 빛, 레몬이라 부를 수 있는 시간들

너에게 썼던 편지들은 말린 과일 향을 남기고 어둠이 된다
서랍은 알 수 없는 비밀로 저녁 동안 달그락거렸다
바람이 목까지 차오르면 잦은 말다툼이 일어났다
어둠 속에서 고양이는 조용히 벽 속으로 들어갔다

나는 사랑했고, 너는 이별해서 우리의 시간은 여름으로 남았다
계절은 잎을 멈추고, 어느 날은 시큼하고 떫은 향이 나서 뒤를 돌아보았다

>

네가 아니었다

한동안 짙은 레몬 향으로 눈이 시렸다

저녁

물 한 잔을 마신다
천천히 호흡을 고르는 시간
한낮의 뜨거운 열이 목을 타고 내려간다

분주한 걸음의 기억을 신발장에 가지런히 정리하고
문을 닫으면
몸의 내부에서 달그락거리는 또 다른 손잡이

낮 동안 안부로 뒤척이던 몸이
저녁이 되자 염려로 다가온다

창밖 지는 해를 보며
내 삶에도 작은 창문 하나 낼 수 있다면

당신을 향해 힘껏 손 흔들 텐데
근사한 풍경이 되어 줄 텐데

노을이 느릿느릿 세계의 관절을 접어 가는 시간

저 멀리 새 떼들 날아간다

물결치는 언어들처럼

안부를 건네는 손짓처럼

맨드라미

담과 담 사이를 몰래 훔쳐보며
골목을 좋아했던 날도 있었다

모자 속에 숨어 있는 하얀 얼굴
빨간 옷이 잘 어울리는 건넛집 오빠

골목을 지날 때면
나무 그림자까지 살금살금 걸었는데

바람이 옮긴 걸까 그 소문
눈썹 짙은 언니가
내 동생 그림자도 좋아하지 말라고 한다

봄부터 시작된 내 마음
저 맨드라미도 벌써 알고 있나 보다

어느 날 꿈속에
오빠는 담벼락에 서서 웃고 있었다

나는 그 모습 오래 기억하고 싶어

붉은 얼굴로 골목을

막

뛰어다녔다

오리 컵

아침, 오리 컵으로 물을 마신다.
오리와 여자 사이는 진흙으로 간격이 벌어진다
물을 마시는 동안 오리는 미끄러운 물속에서 나와
여자의 입 주변에서 놀고 있었다
여자는 소설을 쓰고 있다고 한다

부서지는 오후의 햇살, 물은 점점 말라
수면이 바닥을 비추고
뒷걸음질하며 말라 가는 물에서 나와
소설로 들어간다

빛이 강렬해지면 오리는 주둥이로 강물을 노래한다
여자는 물을 마신다

소설이 제법 시원한 그늘을 만드는 순간,
오리도
여자도 서로를 바라본다

오리 모양이 그려진 두툼하고 작은 컵
물이 오리 등 뒤에 모여 출렁인다

진흙 바닥을 걸어온 발은 흘러내리는 물속에 찰랑인다

오리의 소리가 소설 속으로 모이고
물속에서
검은 새 힘차게 날아오른다

팔월의 볼륨

아무도 좋아하지 않는, 우기로 모여든 소리

비에 젖어 있는 사람들
그 위로 빛과 소리가 지나간다

구름이 범람하자
소리는 강으로 이동 중이다
그림자가 강에 발을 담그는 사이
소리는 마을로 번지고 있다

우기는 며칠 더 계속된다고 한다
바닥이 물에 잠기는 동안
소리는 점점 더 검은빛과 가까워지고 있다

우기는 아버지의 방을 뒤덮고 흑백으로 남는다
밤새, 수문이 열리고 소리는 넘쳐흐르는 중이다

어둠이 두려운 눈으로 걸어오고 있다

가족이 모인 식탁은 물 위에 뜨고

보이는 것은 모두 우기에 젖고 있다

거리는 사람들의 발자국을 흠뻑 적시고

가지를 치다

사과나무가 그늘을 만들어 내는 힘으로
휘어지고 있어요

가지치기가 끝나고 바람은 사과와 대화 중인데요
붉은빛이 더욱 동그래져요
기우뚱, 사과나무가 휘어지면
사과의 맛도 기울어질까요

바람이 한차례 지나간 날
사과 향이 새를 몰고 왔어요
보세요
눈먼 까치도 주둥이를 사과에 대고
이 마을의 생김새를 조각하고 있어요

줄어든 그늘 아래 개미들도 모여들어요
모두 이 새로운 계절에 모여들어요

제3부

담배 연기

사각 보도블록 위를 걷는다
틈새를 수놓는 개미들

담배를 입에 문 남자가
내 앞을 가로질러 간다
연기가 뿜어져 나온다

거대한 안개밭인 듯
순간 이 세계로부터 내가 지워진다
지독한 냄새가 코를 찌르자

코가 지워진 얼굴로 걸어간다

슬픈 그늘

늦은 오후, 비가 내린다
작은아버지 문병을 갔다
폐암 진단을 받아 항암 치료 중이라고 했다
당뇨를 앓고 있는 작은어머니, 나를 보고 큰 소리로 웃는다
웃음소리가 너무 커서 다행이라고 생각했다

구름은 유월의 흰 백합 가리고, 집 안 공기는 창문의 눈물로 맺힌다
불안한 마음 검은 씨앗처럼 입술에 달라붙는다
한 발짝 걸을 때마다 바닥 밑으로 물이 차오른다

몇 번의 항암 치료는 계절의 입맛을 자르고
혀끝으로 근심은 다가온다
귀가 잘 들리지 않는다
물방울만 한 슬픔이 얼굴로 흘러내린다

화분에 핀 빨간 꽃이 정물화처럼 집 안을 비추고 있다
나는 입을 앙다물고 조용해졌다

>

방으로 향하던 작은어머니, 옷가지로 덮어 놓은 도토리 가루를 보여 주며 말한다 ‘너희 작은아버지하고, 햇볕 좋은 가을날 산에서 주워 온 거야’ 묵 쑬 줄 알지?’

‘가루 한 컵, 물 여섯 컵 넣고, 묽어질 때까지 주걱으로 저어 주면 돼.’

작은어머니, 검은 비닐봉지에 가루를 담고 있다
비닐봉지 가득 가루가 넘쳐흐른다 방 안을 가득 채우고,
허공으로 흐르는 슬픔
흐릿하다

불을 켜도 보이지 않는다

사과

남자가 편의점에서 휴식을 담는군 출렁이던 저녁이 잔으로 옮겨 가고 있어
무늬 없는 스트레스는 잊은 지 오래야, 눈썹이 빛을 따라 올라간다

방정식으로도 이해되지 않는, 담배를 끊었지 술은 끊을 수 없어
사과하는 일이 자주 생겨나더군
얼굴이 붉어질 때쯤,
남자는 사과 따는 꿈을 꾸었어
입꼬리는 자꾸만 내려가고

사과 한 입 베어 문 적 없는 남자의 입에서 사과 향이 나는군
다시 얼굴은 붉어지고 밤새도록 사과를 따서 봉지에 담아도, 사과는 사과,
다른 생각은 할 수 없고

남자의 귀에 달라붙어 있던 말이, 조용히 입으로 풀어지네 "술술 풀리는 인생 어디 있을까?"

다시, 굽은 등 뒤로 술병도 구부러져 그림자도 휘어지는데, 한밤중,

남자의 목소리 구름이 되고, 비가 되는 동안 주름의 굴곡에서

한숨은 술잔으로 떨어지고

고목

여름과 술래잡기하며 피어 낸 잎

고목은 이제 한 번의 숨으로
한 장의 잎을 길러 낸다

자라나던 가지들로 밤새 뒤척이던 밤도 있었다
허공을 가르는 번개처럼 날카롭게
아우성치던 것들
이제 고목의 가지들은 빈칸처럼 고요하다

새가 앉았다 간다
때로는 한 단어처럼
때로는 긴 유언처럼

지팡이를 쥔 손목처럼
얇은 나뭇가지들
잎사귀 몇 장이 흔들린다

잎을 길러 낸다는 것은
어쩌면 바람의 한 생애를 지켜보는 것과 같은 일

>

마지막 잎은
바람의 전생과 후생을 앞면과 뒷면에 달고
내내 반짝일 것이다

구두 수선소

사거리 도로 가장자리에
고장 난 신호등처럼 매일 불이 환한 곳

입구도 출구도 하나인 수선소
창문이 없어 계절이 미처 찾아오지 못하는 곳

슬리퍼를 신고 들어가는 사람들
돋보기 아래 한 땀, 한 땀 발자국을 수선하는 노인

젊은 날 오전 한때를
다른 사람의 발자국을 빌려 걸어 보기도 한다

망치 소리가 끝나면 한 사람씩 기울어진 문을
빠져나가고

도시의 발목처럼 단단한 가로수
그들의 뒤를 바람 소리가 쫓는다

다정이라고 말하면

아이들의 웃음소리가 들려온다
환한 발자국을 따라 오월의 꽃이 피어난다

서로 마주 잡은 손에서 너의 체온은 내게 심장으로 밝아진다
다정이라고 말하면 울던 네가 나를 보고 웃어서
나도 따라 키득거린다

혼자 있던 밤
전화를 걸면 너는 습관처럼 우리라는 말을 자주 말했다

오월을 걷고 있다

우리 함께 빛을 좇고 있다

늦가을

해가 저무는 시장으로 간다

사과를 반으로 가르던 과도는 태양마저 갈랐는지
시장 바닥은 갓 깨진 노을로 흥건하다

한 노인이 리어카를 끌고 온다
고대부터 이곳을 밝혔을 태양 아래
거북의 몸짓처럼 느릿느릿 온다
제 몸보다 큰 섬을 잠시 바닥에 내려 두고
해변에 막 당도한 거북처럼 숨을 내뱉는다

노인의 작은 기침이 주변의 먼지를 공중으로 띄운다
빈 박스 유물처럼 고요하고

잠시의 시간이 꼭 평생처럼 느껴지는 순간
노인은 길가의 박스를 주워 리어카에 싣는다
두 바퀴는 강아지처럼 노인을 기다린다

가격을 흥정하는 소리
마감을 알리는 분주한 입 모양

>

노인은 애써 먼 길을 돌아가는 사람처럼
시장의 둘레를 굽이굽이 살피며 걷는다

그의 삶은 지금 어느 계절을 지나고 있을까?

늦가을이 가고 있다

10월의 서곡

서른 해를 넘기지 못하고 떠났다
이름도 어려운 병 앞에서
그의 이름은 울음의 씨앗이 되어
이내 발아하였다

머리 숙여 조문하는 동안
목이 부러진 꽃 한 송이와
눈 마주친다

잠깐 새
주변을 보니 아무도 없다
웃고 있는 그의 사진 대신 내 얼굴이
고요히 나를 비춘다
죽음이라는 시간 앞에서
나 또한 내 장례를 미리 조문하는 사람
향이 속절없이 타오른다

나는 죽었습니까
느닷없는 망자의 질문에 정신이 들었다

>

살아 있음으로 인해 죽어 가는
그 명백함이
삶을 더욱 아름답게,
애처롭게 만들고

그의 영혼이 잠시 액자 틀에 내려와 앉는다
비로소 몸을 벗어난
새털처럼

말을 잃은 아이

여섯 살 아이가 울고 있다 소리를 지르나 눈빛을
마주하지 않는다
왜 울고 있는지 묻고 싶지만 모국어가 통하지 않아
거울처럼 얼굴만 보고 있을 뿐이다

오후의 그림자 위로 나비가 날아간다
고양이가 느리게 지나간다
울고 있던 아이의 눈에 나비가 날고 고양이가 지나가는 동안
울음은 책 속으로 숨어 버린다

아이를 보고 있다
햇볕이 무릎 위를 덮고 있다
아이는 두 손으로 빛을 걷어 내고 엉덩이를 내 무릎 위에
올려 내게 안긴다

눈은 마주치지 않는다

아이가 미끄러지듯 눈물 바닥을 헤엄친다
초록색 꽃 양말이 햇빛을 받아 향기가 번져 가고 있다

>

아이의 입 속으로 없던 말들이 물방울처럼 튕겨 나간다
얼굴 근육이 움직여서 중얼거림은 계속되고 있는 듯하다

소리가 들린다
소리가 들린다

아이의 소리를 두 귀로 담는다
귀가 붉게 달궈진다
아이의 작은 입이 심장처럼 뜨겁게 말캉거린다

유희

운동장으로 쏟아져 나온 아이들

틈과 틈 사이 아이들 웃음으로 가득해요
그늘진 구석은 신발을 던지기에 좋고요
던진 신발이 풀숲으로 떨어지면
깡충깡충 한 발로만 뛰면서도 웃어요

해를 머리에 이고 고무줄놀이하는 아이들
처음 보는 얼굴마다 싱글벙글
무궁화 꽃이 피었습니다
술래를 못 찾은 아이가 밤새도록 그림자를 뒤집어 보고 있어요
가슴까지 튀어 오른 공깃돌은 허공을 움켜쥐고 멈춰 있고요

그렇게 세월이 흘렀습니다
우리는 이곳에서 저곳으로 시곗바늘 같은 주름만 늘어났어요

구슬치기하던 벽이 사라지고

딱지를 치던 손이 보이지 않아요
운동장에는 바람이 다녀갔다는 소식뿐

아이들은 이제 목에 걸린 핸드폰을 따라 길을 나서요
네모난 세상 속에서 살고 있는 아이들
계단을 보지도 않고 올라요
그것을 유희처럼 해요

금잔화

며칠째 비는 내리지 않는다

노인의 굽은 등 너머로
바람이 차올라
검고 붉은 씨앗들
손으로 봄을 옮기는 중이다

새는 풍경 속을 날고
고양이는 신발 위에서 졸고 있다

늦은 오후
사람들의 목소리가
노인의 몸속으로 걸어 들어간다

전화벨이 울린다
괜찮아, 괜찮아,
노인의 안부를 묻는 말이 흘러나오고

약 봉투가 늘어날 때마다
호흡이 짧아진다

>

비가 내리지 않아
그림자가 오래도록 굳어 있다

정지된 화면 속
노랗게 흔들리는 꽃대 위로
느리게 걷는 그림자
혼잣말로 피어난다

너에게, 첫

단출한 짐을 싼다

책상, 가스레인지, 에어컨은 옵션
밑으로 내려갈수록 짐이 줄어드는 방
간간이 들리는 소리를 자르고 나면
섬이다

혼자 떠 있는 방

모래가 발을 덮고 있다
아이의 손처럼 부드러운 모래 위에 앉아
처음, 너를 본다

익숙한 소음이 귀에서 멀어지기까지 참으로
오랜만에 파도 소리 듣는다
이따금 들려오는 경적을 빼면
고립의 섬

아무도 없는 바다

한 아이가 모래에 발자국을 찍으며 걸어오고 있다

별내*

어둠을 물고
흰 개 한 마리 달리고 있어요
별을 쫓듯 달리는 흰 개
별내로 몰려드는 빛

도시는 점점 길어지는 그림자로 가득해요

사람들 발자국 위로 바람, 구름, 새가 지나가는 동안
달빛은 나무의 등을 지나고
어둠은 아침을 찾고 있어요

막다른 곳에 다다르자, 두 갈래 길이 화살표를 보고 있어요. 신도시와 구도시로
나비들은 날아오고 사람들이 꽃처럼 웃고 있어요

* 별내: 경기도 남양주시 별내동.

늙은 사진사

찰칵, 순간을 움직이듯
렌즈로 빛이 모였다 흩어집니다

노인은 나무를 촬영하려
굽은 자세로 앉아 있고
그늘이 노인의 등에 뒤따라 기대었습니다

조리개를 열자 노인의 시간이 고요로 모여들었고
이따금 고양이 울음소리로 풀어졌습니다

찰칵, 수동 카메라가 당산나무를 끌어당깁니다

노인은 수동 카메라를 메고는
자신의 몸속으로 걸어 들어가고 있습니다

늦은 오후, 노인의 호흡 속으로
한 아이가 걷고 있습니다
그 작은 걸음
유복자로 태어난 그에게
처음으로 받은 유품 수동 카메라를

장난감처럼 좋아했습니다
아버지의 등 같은 볼록렌즈 속에서
숨소리를 느끼며 자랐습니다

암막 끝에서 끝으로
줄을 잡고 늘어진 필름 속에서
어린 그가 출렁입니다

양 날개가 다 자란 새는 둥지를 떠나고
노인은 이제 극지를 향해 걸어 나가고 있습니다
한동안은
흑백사진 같은 자신의 호흡을 길게 느끼겠습니다

저녁

며칠째 계속되는 비, 거리에 사람들은 보이지 않는다
걷어 낼 수 없는 어둠 속에서
할아버지는 솜사탕을 만들고 있다
비에 젖어 입 안에 돋은 혓바늘처럼 솜사탕이 갈라진다

젖은 신발 위로 물은 차오르고
저녁 시간 지나간다

고양이는 어둠을 뚫고 바람을 몰고 온다
빗줄기는 창문을 두들기고 인기척 없다
거리에 남아 있던 발자국은 미끄러지고
사람들의 이야기는 젖어 되돌아오지 않는다

계절이 풍경 밖으로 밀려날 때
울음을 터트리는 사람 있다

문득, 어두운 길에서 구름을 본다
아득히 먼 곳에서부터 여든의 잎이 돋아난
흰 꽃이 피어오른다

제4부

그 여자

엄마, 하면 얼어붙은 마음에도
눈꽃이 피어난다

엄마, 자꾸 불러서 걷는 곳마다 빙판이 되었다

그 여자는 집으로부터 자꾸만 뒷걸음질 쳤다
애꿎은 꽃대만 후두두 뜯겨 나간다

구름이 많은 날
흙투성이 손을 뒤로 숨기고
정처 없는 발걸음도 어두운 길가에 숨기고

뒤로만 걸어갔다

그림자의 품 안에서 꽃처럼 자라고 있었다

4차 산업 시대

버스 기사는 인내앙을 잃어버렸습니다
걱정 말아요 주소를 찾고 있어요
아침 출근은 노트북 속으로 밀고 들어가면 됩니다

점심이 되면 사람들은 간판 밑으로 모여요. 벽을 뚫고 들어와도 AI 종업원은
절대 놀라지 않아요
음식을 다 먹어도 똑같은 말만 빈 그릇 안에 굴러다닙니다

바구니에 물건이 가득 차면, 마우스 클릭으로 가볍게 들어 올리면 되죠
1인 기업 골목길을 막 빠져나오는 동안 도시 지붕 아래 사람들 발자국은
자꾸 지워져 갑니다

의자가 있는 메타버스에 올라타면 다 보여요
인간과 인간, 인간과 사물, 사물과 사물이 경계를 허물고,
건물이 무너져 손으로 고리를 잡을 수 없습니다

하루를 24시간으로 살고 있는 N잡러들은 지금 아침인데요

벌써 내일의 저녁밥을 다 먹었습니다

가상 현실에서 우리는 자꾸 크게 웃어요
기계 소리 더 크게 들리면 심장이 녹아내리잖아요
플랫폼을 잃어버린 창문에서 실업의 그림자가 기웃대고 있어요

노사 관계는 이미 어두운 골목의 점자블록처럼 읽을 수 없어
관계가 관계의 손을 놓아 버렸습니다

지금 막 떠난 버스에서 우리도 우리를 잃어 가고 있습니다

원룸

노을이 파고 들어갈 틈이 없다

내가 들어가는 문은 지하로 연결된다
창문 살은 서 있는 나무를 몇 번이고 베어 낸다
지하는 아무것도 들어갈 수 없다

골목의 바람이 세차게 불어온다
누가 다녀갔는지 굵은 발자국이 계단 끝에 걸려 있다
빛이 없어도 살 수 있는 것들이 모여
얼굴 없이 함께 사는 가족이 됐다

회색 문을 열면 벽을 타고 외로움이 숨을 쉰다
바닥의 벌레들이 나보다 더 활발하게 움직이는 시간, 나는
그들을 쫓아다니는 그림자가 된다

늦은 저녁 발자국도 없는데 소리가 들려온다
외로움은 돌아누워도 외로움으로 남는다

얇은 주머니 자꾸 몸 안으로 흘러내리는데
한 달에 한 번 오지 않을 것 같은 날짜는 돌아오고
벽과 벽 사이 꽃이 자라지 않는다

얼룩

흰 블라우스에 강물처럼 푸른 자국이 남았다

지워지지 않는 강물
몸속 모서리마다 검은 혹이 자라듯

겨울바람 지나간 자리

서리는 절기로 말하고

달빛 강을 비춘다

누구나 살면서 하나쯤은
지니고 산다는

얼룩은 꽃을 피워 내는 푸른 씨앗

연

연의 마음은 동그란 구멍에 있다
허공을 자유로이 횡단하는 도형
바람이 드나드는 통로

타래를 잡고 줄을 팽팽히 당긴다
그러자 허공도 풍경도
놀란 새처럼 힘차게 날갯짓한다

연을 쥐고 태어난 사람들
연의 비행과 발맞추어 살아가는 것들

나는 내가 쥐고 있는 줄의 운명이
곡선으로 이루어져 있음을 안다

타래를 손에 쥐고 앞으로만 걸었던 삶이
실은 돌아보고 망설이고 주저하던 순간들의
연속이었다는 것을

돌, 돌, 돌 타래를 감아 가며
시간을 쫓는 사람들

>

마지막으로 감았던 실이 맥없이 입을 열고
아, 풀릴 때
하늘을 날던 연이 풀썩,
삶의 한 겹처럼 몸을 덮는다

감은 눈을 뜨지 못한다

새마을 지도자 정 씨情 氏

분주한 김장철, 김칫소 넣는 무릎들 사이로
새마을 모자 구겨 쓴 정 씨,
걸어온다

그 모습이 뒤뚱거리는 새 같다며
무릎들, 박수를 치며 웃는다

그에 화답하듯 인사하는 정 씨의 튀어나온 앞니가
누런 부리처럼 번들거린다

진달래꽃 한 번 잡지 못하고, 노모와 오십 길을 걸어왔다.

그는 하늘을 향해 날개 한번 펼쳐 들지 못했을 것이다
그에게 날개는
땅으로, 방으로, 굽어지기만 했을 것이다

"형수, 형수 김장하는 날, 내가 미꾸라지 잡아 온다고 했지?
근데 미꾸라지들이 추워서 다 숨어 버렸어
나, 그놈들 잡느라 힘깨나 들었어"

>

새벽부터 허리를 굽히고 미꾸라지를 잡았다는 정 씨
그의 걸음에 장단을 맞췄을 검은 봉지가
어두운 강물처럼 출렁인다.

굽은 등은, 날아가려는 새의 몸짓 같다가도
오래도록 퇴화된 날개 뼈의 무덤 같았다

"형수, 나 배추 양념도 조금 줘
우리 엄마가 그걸 참 좋아하셔"

미꾸라지 수십 마리가 김치 한 통으로 바뀌는
불가사의한 공식 속에는
이 세상의 셈법으로는 닿을 수 없는,
그의 마음이 있다

김치 통을 들고 돌아서는 정 씨
그의 걸음이 날 듯, 말 듯 가볍다

사고

눈꺼풀이 덮인 신호등, 직선의 몸을 도로에 눕히고
남은 초록빛으로 깜박 호흡을 이어 간다
눈동자는 무엇을 말하는지 아무도 모른다

도로엔 허물 벗은 번데기, 노란 눈을 뜨고
풀숲처럼 쓰러진 초록빛을 응시한다
쏟아진 빛이 웅덩이를 만든다
그 깊이를 모르는 사람들은 뛰어들기를 주저한다

사고 난 도로에 정체된 자동차, 향도 없는 꽃 무리를 이
루고
라디오 밖으로 새어 나오는 목소리
노을은 긴 코트를 펄럭이며 성큼성큼 걸어간다
사람들은 모두 멈추었고, 오로지 발 없는 애벌레
나뭇잎을 떨어뜨리고

손톱 날을 세워 엉킨 끈을 풀듯
달은 날카롭게 자란 빛을 도로에 쏟아붓는다

경적 소리도 잦아들 무렵,

얼굴마다 짙은 발자국을 그린다

긴 행렬, 끝이 보이지 않는다

통풍*

새벽 2시
어둠의 무게가 발을 짓누른다

천 개의 바늘이 꽂힌 듯
몸을 움직일 수 없다
제 몸의 깊고 무거운 부양

염려를 묻는 말들이 바닥에 흩어지고
고요한 당신의 입에서
강물 뒤척이는 소리가 흐른다

벽을 더듬거리는 손짓
온몸을 적시고

깨진 얼음 위를 걷는 당신의 발이
나는 내내 아프다

* 통풍: 혈액 내에 요산(음식을 통해 섭취되는 푸린purine 물질을 인체가 대사하고 남은 산물)의 농도가 높아지면서 요산염(요산이 혈액, 체액, 관절액 내에서는 요산염의 형태로 존재함) 결정이 관절의 연골, 힘줄, 주위 조직에 침착되는 질병이다.

그림자

밤하늘의 별빛들이
살아서는 닿을 수 없는
머나먼 도시의 야경처럼 반짝이는 밤

그림자도 마음이 있을까?
그림자의 고향은
얼마나 멀리에 있을까?

빛이 없는 사람들에게는
말수 없는 암흑이 위로가 될 수 있다는 걸
그림자는 안다

한 사람의 죽음에 가장 슬퍼하는 건
그 말수 없는 어둠이라는 걸
사람들은 모른다

킨더가든의 오후

말을 가르치고 노래를 가르칩니다
입에서 귀로
귀에서 다시 심장으로
말이 걸어가는 길고 좁은 통로를 알려 줍니다

통로를 비추는 불빛
빛을 발견하고 빛을 향해 걸어가는 연습을 합니다
걸어가다 지칠 때면 잠시 통로 밖으로
길고 얕은 숨을 내뱉어 보라고
그 또한 삶이라고 가르칠 수 있을까요

슬퍼요 화가 나요
달의 뒷면처럼
붉은 심장 뒤에는 쿵쿵거리는 시퍼런 심장이 있다는 걸
가르칠 수 있을까요

알록달록 색종이에 얼굴을 그릴 때면
코가 귀에 달리고 입이 이마에 달리고
그게 마음이라는 것 또한
가르칠 수 있을까요

>

색종이에 그린 얼굴들을 햇볕에 잠시 걸어 두는 시간

빛의 생기를 빌려 색종이가 반짝입니다

아이들은 모두 모래밭으로 나가

두 손 가득히 흙을 파내며

그곳에 마치

세계의 비밀이 있다는 듯 열중합니다

내게도 꼭 그런 오후가 있었다고

나의 어린 색종이가 바람에 펄럭입니다

동백꽃

한밤중 신음 소리 더듬으며 깨어난다

어머니 기억은 깜박이는 가로등처럼
속절없이 손길을 기다린다

내가 알 수 없는 언어 속에
나를 보고 있는 눈빛
철 지난 기억들로
웃다가 때로 울다가
밤이 되면 꽃잎보다 고운 얼굴로 잠이 든다

의사의 진단이 짧게 이어졌다
어머니 증세는 호전될 수 있는 병이 아니에요
증세를 늦추려면 운동과 식이요법밖에 없어요

아들은 어머니를 모시고
바닷가 마을로 이사를 했다

끝내 모든 기억을 덮어 두어야 하는 때가 오면
우리 마주 보며 바다만 보고 있자고

>

나는 어머니를 잃지 않을 테니
어머니도 나를 잃어버리지 말라고 손을 잡는다

어머니 눈은
오래도록 젖은

십이월이었다

신발

한 손에 툭 끊어지던 꽃줄기가
나의 아침이고, 저녁이고 길이었던 그때
친구를 잃어 흙투성이 손을 뒤로 숨기고
뒷걸음하며 걸었다

멀어지고 싶다가도 기억은 자꾸만
그곳으로 끌어와
얼어붙은 마음 어딘가
흰 꽃 피어나

겨울을 잘라도 손톱보다 작은 생채기
내 몸을 온통 구부려
먼지처럼 흩날리는 하루를 위해

나는 온종일 걸었던 신발을 가만히 내려놓는다

손톱

세수를 하지 못한 날이있다
그런 날은 물의 기원에 대해 상상한다

손톱 살 일부가 떨어져 나간 자리
어둠은 출렁이는 바닷물을 쓸어 모은다

가늠할 수 없는 크기만큼 물뿌리개로 어둠을 뿌려 놓고
그사이, 둥근 선을 그리며 얼굴 없는 바다
고개를 내밀고 입을 벌리며
흰머리 풀어 젖힌 썰물은 밀리고 밀려 제 살을 깎아 내고
날 선 파도는 검은 물을 토해 낸다

여전히 나의 손톱은 은빛 비닐 무늬로 모래 위에 있고
축축한 물방울이 모여 손 그림자를 만든다

손바닥에 고인 빛이 기울자
바다에 긴 줄이 생기기 시작했다
지평선 끝으로, 안개가 어둠을 걷어 내며
모래 위에 내린다

초승달 빛이 손바닥에 고여 따끔하다

길

끝도 없는 밤길을 걸어가고 있다
온몸을 다해 걷고
한 번도 멈춤 없이 걷고 있다

발자국 소리를 들으며
달빛으로 만나고
검은 그림자로 빠져드는 시간

둥근 보폭만큼 구르고 걷고
모였다가 흩어지고
다시 서로의 등으로 걸어가는 사람들

생각이 몸을 움직이고
마음을 접고 있는

어제의 그 길을 걷고
오늘 그 길을 걸어 나와
내일의 길로 걸어가고 있다

7일간의 사랑

우리는 서로의 이별을 모른 채, 저녁을 모르고
점심을 먹었지
우리가 먹었던 것이 국수였어
우리 길게 오래도록 만나자고 했지

너와 함께 헤어질 때 안녕 IC였니
네가 생각나서 안녕

안녕
우리는 내일을 기억하지 못하고 헤어졌지
헤어진 몇 년은 너의 얼굴을 그리며,
손 편지가 꽃처럼 기쁘게 피어난 적도 있어

45번 국도를 이제 나오는 중이야
옷의 먼지를 털어 내며 기억을 털고 있어

우리 〈7일간의 사랑〉 영화를 봤을 뿐인데,
정말 7일만 사랑하고 헤어졌지

해 설

죽음에 이르는 상상력의 무거움

김윤배(시인)

송남순의 화두는 죽음이다. 그 대척점에 삶이 있기는 하지만 죽음에 비해서 그녀의 삶은 소박하다. 그만큼 그녀의 죽음에 대한 탐구는 무겁고 깊다.

현대시는 마법적 가치와 혁명적 소망이라는 양극 사이를 왕복한다고 말한다. 마법적 가치에 대한 긍정이 상상력의 시 세계를 완성하고 혁명적 소망이 역사의식의 시 세계를 완성한다고 보는 것이 옳다. 그러나 이 양극은 서로 회통하므로 하나라고 보는 견해가 유력하다.

송남순은 때로 두 양극을 한 시편에 배치하기도 하며 각기 다른 시편에 배치하기도 한다. 시인의 이러한 양극적 운동은 인간의 조건에 대한 인간의 반역으로 보아야 한다. 어느 쪽이든 규범 지향과 가치 지향과 윤리 지향으로 대변되는 상식

적 인간의 한계를 뛰어넘는 것이다.

송남순의 마법적 가치에 대한 긍정은 영감에 대한 믿음에서 온다고 보여진다. 영감은 신의 숨결이 불어넣어진 것이라는 의미이며 들숨이라는 뜻이고 예측하거나 기획되어지지 않은 것들과의 조우를 말하는 것이다. 시인의 상상력은 유한을 넘어서는 것이다. 시인의 언어적 운산 너머에 있는 들숨의 체험이 시인 것이다. 시인은 무엇으로든 상처받은 자이다. 상처의 원초적 치유는 주술이며 들숨이다. 이러한 치유과정은 감각적 영역 바깥을 바라보게 하며 영원한 구원을 향하게 한다. 시를 통한 구원은 사회적 좌표 속에 있어야 한다고 말하기도 한다.

송남순의 혁명적 소망은 말의 교란에서 태어난다. 역사든 개인사든 그 압박에서 자유로워지는 길은 의식과 의식에 따라 역사를 해명해 온 용어를 부수는 일이다. 용어를 부수는 일은 말의 파괴이며 인식의 재탈출이고 의식의 새로운 깊이를 열어 가는 일이다. 다시 말하면 역사적 실존이 의식을 결정하는 것이 아니라 의식이 역사적 실존을 결정한다는 말이다. 따라서 혁명적 시도는 소외된 의식의 회복으로 나타나며 세계에 대한 진정한 의식을 갖는 데서 시작된다.

송남순은 이와 같은 화두를 가지고 오랜 시간 고뇌하고 또 고뇌했을 것이다. 고뇌의 궁극에 죽음이 있는 것이다.

유경은 내 호흡처럼 느껴지는 안부가 되었습니다

지금은 이곳 아닌 저곳으로 먼저 가 오래된 흔적이 나를 잠들게 합니다
멀어진 길이를 따지자면 우주에서는 한 점 먼지에 불과하겠지만
슬픔을 견디며 그림자로 살겠지요

비가 내린 수요일 오후
약속 없이도 우리는 만났습니다
목을 따뜻하게 해야 한다는 유경은
갈비탕을 주문했고,
나는 부른 배를 감추고 머리를 숙여 가며 갈비탕
한 그릇을 다 먹었습니다

매화꽃 가지 부여잡고 남편 욕하던 유경은
이제는 느껴지지 않습니다

웃음은 부드럽게 밀려가는데 흔적은 이제 네 것이 아니어서 우리는
이별 같습니다
봄이 봄이라고 말할 때 우리는 나뭇잎에 스며든 빛이
모두 우리가 될 수 있다고 생각했습니다.
그렇게 계절을 걸어 나오는 동안 유경이라는 이름은 내 등을 지나갔습니다

오늘은 나 혼자 봄볕에 눈물을 말리고

주소 없는 곳에서 살아갈 그 이름 생각합니다

—「유경이」 부분

「유경이」는 화자를 낯선 도시에서 무조건 용서하던 이름이었다. 찬바람 부는 골목 긴 두려움이 화자의 눈을 멀게 한 날, 겨울은 온몸으로 화자를 끌어안고 놓아주지 않았으며 그 이름으로 먹고 마시며 살았다고 고백한다.

유경은 화자에게 호흡처럼 느껴지는 안부가 되기도 하고 저곳으로 먼저 가 오래된 흔적으로 잠들게 하기도 하며 그렇게 멀어진 거리를 계산한다면 우주에서 한 점 먼지에 불과한 두 사람이지만 슬픔을 견디며 그림자로 살 것이라고 고백한다.

두 사람은 약속 없이도 만나 갈비탕을 먹기도 했는데 화자는 밥을 먹었다고 말하지 못하고 유경이가 갈비탕을 다 먹는 동안 화자도 갈비탕에 머리를 박고 한 그릇을 비우는 것이다. 그러던 유경이가 매화꽃 가지를 잡고 남편을 욕하던 장면을 이제는 느낄 수 없다.

지금은 이곳 아닌 저곳으로 먼저 가 오래된 흔적이 나를 잠들게 합니다

멀어진 길이를 따지자면 우주에서는 한 점 먼지에 불과하겠지만

슬픔을 견디며 그림자로 살겠지요

—「유경이」 부분

유경은 저세상으로 먼저 가 지금은 오래된 흔적일 뿐이다. 그 기억으로 잠든다. 우주 공간에서 유경의 흔적은 한 점 먼지에 불과하겠지만 유경을 보낸 화자는 슬픔을 견디며 유경의 그림자로 살아간다.

유경은 언제나 안쓰럽고 슬픔이 출렁이는 친구다. 그러기에 유경이 목을 따듯하게 해야 한다고 갈비탕을 주문했을 때조차 화자는 부른 배를 감추고 머리 숙여 갈비탕 한 그릇을 다 비우는 것이다. 우정이라고 말하기에는 혈육의 정 같고 서로 깊이 사랑하는 사이처럼 느껴지기도 한다.

그런 유경이 먼저 다른 곳으로 떠났다.

> 웃음은 부드럽게 밀려가는데 흔적은 이제 네 것이 아니어서 우리는
> 이별 같습니다
> 봄이 봄이라고 말할 때 우리는 나뭇잎에 스며든 빛이
> 모두 우리가 될 수 있다고 생각했습니다.
> 그렇게 계절을 걸어 나오는 동안 유경이라는 이름은 내 등을 지나갔습니다
>
> —「유경이」 부분

화자의 등을 지나간 유경이는 잊힐 이름이지만 잊힐지는 미지수다.

죽음이란 무엇인가? 기독교에서는 '두려워하는 자들과 믿지 않는 자들과 살인자들과 행음자들과 술객들과 우상 숭배

자들과 모든 거짓말하는 자들은 그들의 죄 가운데에서 죽게 되고, 하느님의 진노 아래 머무르게 되며, '불못' '진노의 포도주 틀' '어두운 곳'에 던져진 채 영원한 죽음의 상태에 놓이게'되는 것이라고 말한다. 불교에서는 '생사는 무수한 삶과 죽음이 되풀이되는 윤회이며, 선은 선을 낳고 악은 악을 낳는 인과응보의 반복이기도 하고 삶과 죽음은 인과응보에 따라 육도六道를 돌고 돌게 된다. 육도란 지옥, 아귀, 축생, 수라, 인간, 천상'이라고 설파한다.

송남순이 죽음의 문제에 천착하는 것은 이와 같은 생사관에 대한 고뇌의 긴 터널을 지나가고 있다는 반증일 것이다.

당신의 몸속에서 나는
숨을 쉬고 있던 것이 전부였습니다
당신과 연결된 줄은
눈이 되고, 귀가 되고
차가운 심장이 되었습니다
당신이 나간 문틈으로
나의 비밀은 자랐고
내내 혼자 울었습니다
삼십 년
당신의 그림자를 찾는 동안
계절은 건너고 아이는 자랐습니다

어느 날, 천 개의 계단을 올라
바람 숲을 지나

먼 길 걸어온 나를 당신은 불렀습니다

내가 나인지 모르면서
열 손가락만 닮은 당신은
눈도, 귀도 열리지 않은 채
새처럼 가벼운 몸으로
계절이 건너는 길목

목련처럼 하얗게

—「나를 부르는 소리」 부분

사람들이 모여들고 모인 사람들 틈으로 벽이 자란다고 말하는 것으로 보아 남자는 이 세상 사람이 아닌 것으로 읽힌다. 여자는 남자의 몸속에서 숨을 쉬는 게 전부였던 삶을 후회하지 않았다. 남자에게로 연결된 운명의 줄은 여자의 눈이 되고 귀가 되고 차가운 심장이 되었지만 남자가 나간 문틈으로 여자의 비밀은 자라고 있었다. 비밀은 여자를 내내 혼자 울게 했다. 비밀을 알 수는 없지만 남자에게 말하지 않은 비밀은 여자에게 치명적인 것일 수도 있겠다 싶다.

그 후 삼십 년, 남자의 그림자를 찾는 동안 계절은 건너고 아이는 자랐다. 남자의 몸속에서 숨 쉬고 있는 삶이란 여자에게 얼마나 힘든 삶이었을지, "내가 나인지 모르면서/ 열 손가락만 닮은 당신은/ 눈도, 귀도 열리지 않은 채/ 새처럼 가벼운 몸으로/ 계절이 건너는 길목"에서 "목련처럼 하얗게" 피어 있는 것이다. 하얗게 피어 있는 남자를 보기 위해 천 개의 계단을 올라 바람을 지나 먼 길을 걸어온 여자를 남자는 불렀던 것이다. 그렇게 만난 남자는 목련처럼 하얗게 웃어 여자를 더욱 슬프게 했을 것이다.

「로프」 역시 죽음을 노래한 시다.

연결되어 있다는 느낌 속에서
당신과 나 사이에도
꼭 이런 줄이 하나 있다고 생각된다

밤을 한 겹씩 덧칠하는 안부들
잘 들어갔니?
나는 이 세계의 모든 귀를 끌어다 당신의 목소리
한 줄을 듣는다

공원의 높고 낮은 언덕을 모두 올라 도착했을 때

그곳에는 물이 흐르고 있었다
깊고 반짝였다
세상을 이어 가며 단지 흐르고 있었다

당신에게 다시 한번 안부를 물었다
그곳에서도 잘 지내고 있냐고

나무는 하늘을 보고 있었다

—「로프」 부분

남자와 여자 사이를 연결하는 보이지 않는 끈이 있다고 느끼는 여자다. 거미줄을 보며 여자가 한 생각이다. 헤어지고 나서 얼마쯤 시간이 지나 잘 들어갔느냐고 묻고 잘 자라고 부드럽고 따듯하게 묻는 것이 연인들의 밤 풍경이다. 여자는 이 세상의 모든 귀를 끌어다 남자의 목소리 한 줄을 듣는다. 그게 여심이다. 그러나 이제는 살아 있는 남자의 안부를 묻는 게 아니다. 죽은 남자의 안부를 묻는 것이다. 여자는 다시 한번 안부를 묻는다. 그곳에서 잘 있느냐고. 그곳은 하늘이다. 그 시간 나무들은 검은 하늘을 보고 있는 것이다. 죽음의 노래는 거미줄처럼 달라붙는다. 달라붙어 기어이 슬픈 노래를 듣게 한다.

서른 해를 넘기지 못하고 떠났다
이름도 어려운 병 앞에서
그의 이름은 울음의 씨앗이 되어
이내 발아하였다

머리 숙여 조문하는 동안
목이 부러진 꽃 한 송이와
눈 마주친다

잠깐 새
주변을 보니 아무도 없다
웃고 있는 그의 사진 대신 내 얼굴이
고요히 나를 비춘다

죽음이라는 시간 앞에서
나 또한 내 장례를 미리 조문하는 사람
향이 속절없이 타오른다

나는 죽었습니까
느닷없는 망자의 질문에 정신이 들었다

살아 있음으로 인해 죽어 가는
그 명백함이
삶을 더욱 아름답게,
애처롭게 만들고

그의 영혼이 잠시 액자 틀에 내려와 앉는다
비로소 몸을 벗어난
새털처럼

—「10월의 서곡」 전문

서른 해를 넘기지 못하고 떠난 사람을 조문하고 있는 화자의 흐느낌이 들려오는 시다. 이름도 어려운 병 앞에서 죽은 자의 이름이 울음의 씨앗이 되는 순간, 목이 부러진 꽃 한 송이와 마주친다. 부러진 꽃 한 송이는 죽은 자의 은유다. 그 은유가 죽음을 더욱 애달게 한다.

빈소에 놓인 망자의 사진 대신 화자의 얼굴이 고요히 화자를 비춘다. "나 또한 내 장례를 미리 조문하는 사람"이라는 표현에 턱 걸린다. 모든 죽음이 화자의 죽음으로 수렴되는 것이다. 죽음은 언제나 가까이 있는 것이고 소리 소문 없이 오는 것이라는 인식이 화자에게는 낯설지 않다. 그 순간 망자의 말이 들린다. 나는 죽었습니까? 라는 물음이다. 망자의 질문이 화자의 정신을 일깨워 살아 있다는 것은 죽어 가는 것이라는 인식의 명백함이 삶을 더욱 아름답고 애처롭게 만든다는 생각에 이른다. 그 후 조문객인 화자는 죽은 자의 영혼이 액자 틀에서 내려와 앉는 모습을 본다. 몸을 벗어나 새털처럼 가벼운 영혼으로 화자 앞에 내려앉는 것이다. 이처럼 죽음은 송남순에게 가까이 있다. 「붉은 꽃」이 그것을 말해 준다.

햇빛이 골목에 무늬를 만들던 오후

문밖으로 밀려난
맨발의 아이가 울고 있다
세상 울음을
그 작은 어깨로 다 받아 내고
몸의 이곳저곳 꽃 자국 피었다

골목을 지나온 겨울바람
사람들의 발자국을 지우고 있다
닫힌 문이 열린 것은 몇 시간이
지난 후였다
아이의 엄마로 보이는
젊은 여자의 구두 소리가 골목을 지난 후

아이의 눈물은
마주 앉았을 식탁 위에
그리고 끼니마다 뜯긴 과자 봉지에 배어 있다

한때는 김이 났을 따뜻한 밥알에서
푸른곰팡이 피어나고

반쯤 부러진 흰 카네이션
중심을 잃은 지 오래

또 며칠은 아이 주변으로
외로움과
두려움
허기진 꿈
죽음이
모여들 것이다

—「붉은 꽃」 전문

가정 폭력으로 세상을 떠난 아이에 대한 헌시로 읽히는 「붉은 꽃」은 안타까움과 슬픔으로 출렁이는 시이다. 햇빛이 골목을 비추고 있는 오후에 일어난 일이다. 문밖으로 밀려난 아이가 울고 있다. 어찌나 서럽게 울던지 세상 울음을 다 받아 낸 듯 작은 어깨가 들썩이게 울고 있는 아이의 몸은 이곳저곳이 멍 자국투성이다.

겨울바람이 골목의 발자국들을 쓸고 지나가면 닫힌 문이

열리고 아이의 엄마로 보이는 젊은 여자가 경쾌한 구두 발자국 소리를 내며 외출한다. 아이의 눈물은 엄마와 마주 앉았을 식탁 위에, 그리고 끼니마다 밥 대신 뜯어 주던 과자 봉지에 배어 있는 것이다. 아이에게 밥을 먹인지 얼마나 되었는지 김이 모락모락 오르던 밥알에 푸른곰팡이가 피었다. 아동 학대의 현장에는 반쯤 아이가 엄마에게 드렸을 흰 카네이션이 부러진 채 쓰러져 있다. 아이에게 외로움과 두려움과 허기진 꿈과 죽음이 모여들고 있는 아동 학대의 슬픈 현장이다. 그녀의 레퀴엠은 계속된다.

밤하늘의 별빛들이
살아서는 닿을 수 없는
머나먼 도시의 야경처럼 반짝이는 밤

그림자도 마음이 있을까?
그림자의 고향은
얼마나 멀리에 있을까?

빛이 없는 사람들에게는
말수 없는 암흑이 위로가 될 수 있다는 걸
그림자는 안다

한 사람의 죽음에 가장 슬퍼하는 건
그 말수 없는 어둠이라는 걸

사람들은 모른다

—「그림자」 전문

살아서는 닿을 수 없는 별빛들이 반짝이는 밤이다. 밤은 수많은 그림자이기도 할 것이다. 그림자에게도 마음이라는 게 있겠지, 그림자에게도 고향이라는 게 있겠지 얼마나 멀리 있을까라는 질문으로 둘째 연은 이루어져 있다.

빛이 없는 사람들에게는 암흑이 위로가 될 수 있다는 걸 그림자는 알고 있다고 노래한다. 말수 없는 암흑은 다음 연에서 말수 없는 어둠으로 치환된다. 그리하여 한 사람의 죽음에 가장 슬퍼하는 것은 말할 수 없는 어둠이라는 걸 사람들은 모르는 것이다.

송남순에게 삶은 죽음의 다른 이름이다. 그녀에게는 삶과 죽음의 회통이 인간들의 살아가는 모습이다. 삶에서 죽음으로, 죽음에서 삶으로 넘나드는 회통은 운명적이다. 누구도 그 운명을 벗어날 수 없다는 것이 그녀의 생각이다.

겨울의 끝자락에서 가장 뜨거운 기침이 터져 나온다
우리는 한 뼘 마스크 안에서
한 뼘보다 넓은 표정으로 거리를 두리번거린다
입을 가리고 새로운 호흡법을 익힌다
입술이 사라진 자리에서
더운 숨은 갈 곳을 잃고

나는 매일 당신의 안부가 궁금한 사람
당신의 안부를 묻는 가장 먼 이웃이 된다
한 손을 뻗어 당신에게 소식을 전할 때
푸른빛이 감도는
작은 화면은 우리 앞에 놓인 유일한 창이 된다
말들이 빗방울처럼 또렷한 무늬를 그리고
당신과 나의 거리는
매일 닦아 내는 물의 양
한 조각 휴지를 흠뻑 적시는 물기가 마음이라면
우리의 마음은 쉽게 휴지통으로 버릴 수 없는 온기
맑은 날이 올 것이다
우산처럼 둥근 간격을 언젠가 고이 접어 둘 날이
봄이 오고 가로수가 울창한 그늘을 심는다
우리는 서로를 향해 무한한 가지를 뻗는
가로수의 간격으로
푸른 포옹으로 어느 때보다 가까워진다

—「지금 당신과 나의 거리」 전문

코로나 19는 우리들의 생활을 크게 바꾸어 놓았다. 마스크는 일상생활이 되었으며 사람들은 사람을 가장 두려워하게 되었다. 마스크는 가면이어서 사람의 표정을 읽을 수 없는 두려움의 사회가 된 것이다. 「지금 당신과 나의 거리」는 이와 같은 팬데믹 사회의 풍속도를 그리고 있다.

"겨울의 끝자락에서 가장 뜨거운 기침이 터져 나온다/ 우리는 한 뼘 마스크 안에서/ 한 뼘보다 넓은 표정으로 거리를 두리번거린다". 마스크 속에서 터지는 기침은 걷잡을 수 없다. 기침이 멎으면 주변을 두리번거리게 된다. 누가 내 기침의 피해자가 된 것은 아닌가 하는 염려 때문이다.

입술이 사라진 자리에서 더운 숨은 갈 곳을 잃는다. 그리고 당신의 안부를 생각한다. 코로나에 걸리지는 않았는지, 화자는 당신의 안부를 묻는 가장 먼 이웃이 된다. 스마트폰으로 영상통화를 한다. 작은 화면은 두 사람을 연결하는 유일한 창이 된다. 나누지 못하는 말들이 빗방울처럼 또렷한 무늬를 그리고 사람과 사람 사이의 거리는 마스크 안에 고여 매일 닦아 내는 물의 양과 비례하는 것이다. 그리하여 휴지를 흠뻑 적시는 물기가 마음이라면 마음은 쉽게 휴지통으로 버릴 수 없는 사람의 온기일 것이다. 그러나 맑은 날이 올 것이고 가로수가 울창한 그늘을 만들고 서로를 향해 무한한 가지를 뻗는 가로수처럼 푸른 포옹을 나누며 가까워질 것이다. 계절은 그녀에게 순환하는 시간의 아름다움을 선사한다. 「봄의 일기」는 순환하는 시간의 따사로움을 노래한 시다.

꽃나무 가지의 곁눈을 보며 마음도 따라 부풀어 올랐지
카페에 앉아 목련꽃차를 마시며 나를 봄에 맞게 단련하는 중이야
춘곤증이 한꺼번에 몰려오면 텃밭에 나가 졸음처럼 씨앗을 풀고,
마냥 구름을 쫓아갔지 비를 만나 어깨가 젖었어
젖으면 좀 어때 목련은 뿌리에서부터 젖고 있었는데

바나나잎이 빛을 한 몸으로 받고 있을 때
화분 갈이를 서둘러야겠어 봄은 순식간에 게으름뱅이가 될 수 있으니까
지금 물이 필요한 것들은 죄다 입을 벌리고 있어 꽃잎은 입을 열고,
칼날 같던 마음 햇빛에 걸어 녹이고 있지

지금도 잠자는 너, 계절의 근심 끌어와 이불처럼 덮고 있지 오래도록
그늘로 남아 있던 어둠, 청명의 숨소리 들으며,
저 여린 것들, 막 꽃을 피워 내고 있어 쉬, 움직임 보이니, 풍도에서 시작된 바람,
노루귀, 복수초, 단단한 땅을 뚫고, 눈망울 비비며

얼어붙은 사람들의 심장으로 솟구치는 것을

—「봄의 일기」 전문

봄이 되면 마음이 부풀어 오른다. 꽃나무 가지 위에는 꽃눈이 부푼다. 화자는 카페에 앉아 꽃차를 마시며 봄에 자신을 맡긴다. 춘곤증이 밀려오면 텃밭에 나가 씨앗을 뿌리고 봄비가 내리면 그냥 맞았다. 봄은 빛의 계절이어서 모든 식물들이 빛을 향해 나간다. 물이 필요한 모든 식물들도 입을 벌리고 있고 꽃잎은 입을 벌리고 칼날 같던 마음을 햇빛에 걸어 녹이고 있다.

지금도 잠자는 너는 계절의 근심을 끌어와 이불처럼 덮고

있다. 오래도록 그늘로 남아 있던 어둠은 청명의 숨소리를 들으며 어린 새싹들이 피워 내는 꽃들, 예컨대 노루귀, 복수초가 풍도에서 시작된 바람의 힘으로 단단한 땅을 뚫고 눈망울을 비비며 솟아나는 것이다. 그 무한한 힘이 얼어붙은 사람들의 심장을 솟구치게 하는 것이다. 봄의 노래는 또 있다.

한 움큼 베어 문 풋사과의 시린 맛이 가시기 전
딱따구리는 속으로 속으로만 부풀어 오른 단단한 껍질의 기억을
연신 부리로 쪼아 댔다

봄꽃이 되어 돌아온 여린 몸속에는
또 하나의 심장이 움트고

바람이 입술을 불어 넣듯 돋아난 새싹의 두 잎
봄볕 아래서 허공을 만지고 있다

—「다시, 봄」 전문

봄은 한 움큼 베어 문 풋사과의 시린 맛이다. 딱따구리는 단단한 껍질의 기억을 연신 부리로 쪼아 댔다. 봄꽃으로 돌아온 여린 몸속에는 또 하나의 심장이 움트는 것이다. 돋아난 새싹 두 잎은 봄볕 아래 허공을 쪼아 대고 있는 봄날이다. 씨앗들이 흙 속에 묻혀 동토의 고통을 견디는 것은 봄날에 터져 나갈 꿈이 있기 때문이다. 생명이 있기 때문이다. 「바람의 정원」 또한 생명의 노래다.

건물 사이에 작은 정원이 있다
햇빛 한 뼘 누울 자리에
돋아나는 어린 새싹들이 있다

물 한 방울 주는 사람도 없는 곳에
어디에서 날아왔을까?
봄 한 무더기
하얗게 피어오르는 벽을 건너
구름을 풀어놓고 있다

—「바람의 정원」 전문

도시의 건물 사이에 작은 정원이 있다는 것이 기적에 가깝다. 정원 이전에 정원의 마음을 지닌 건물주가 있었다는 의미일까. 아니다. 햇빛 한 뼘 누울 만한 작은 땅에 어린 새싹들이 돋아났다. 물 한 방울 주는 사람도 없는 곳에 돋아난 어린 새싹들은 어디서 날아왔는지 알 수 없지만 그곳은 봄이 한 무더기인 것이다. 그 어린 새싹들이 도시의 벽을 건너 구름을 풀어놓고 있다.

송남순의 시 세계는 삶과 죽음의 회통의 자리에 놓인다. 매우 세련된 은유의 시편들로 이루어져 있어 유려한 시문들의 성찬이기도 하다. 그녀의 시는 깊이 있는 울림과 사유를 보여 준다.

그녀가 얼마나 높고 깊은 시 세계를 이루어 갈 것인가는 전적으로 그녀의 몫이다. 그녀의 첫 시집에 큰 박수를 보낸다.